LES
DEUX SIÈGES DE PARIS
ALBUM PITTORESQUE

Prix = **4** Francs

Paris, au Bureau de l'Éclipse, 16, rue du Croissant.

Paris, E. BULLA Edit.r 17 & 19 Boulevard Poissonnière.

LES

DEUX SIÉGES DE PARIS

ALBUM PITTORESQUE

Dessins de MM. DARJOU, FICHOT, J. GAILDRAU, GERLIER, M. LALANNE, LANÇON, F. LIX, Adrien MARIE, etc.

Paris. — Typ. Rouge frères et Comp.

UN POSTE DE GARDE NATIONALE, A L'UNE DES PORTES DE L'ENCEINTE FORTIFIÉE.

LA GARDE NATIONALE AUX REMPARTS. — LE FEU DE BIVOUAC.

INCENDIE DU PONT D'ASNIÈRES.

LE PUBLIC SUR LA BUTTE MONTMARTRE.

DÉPART DE M. GAMBETTA, MINISTRE DE L'INTÉRIEUR, DANS L'AÉROSTAT *l'Armand Barbès.*

LE CORPS DU GÉNÉRAL GUILHEM, TUÉ A CHEVILLY, REMIS PAR LES PRUSSIENS A LA SOCIÉTÉ INTERNATIONALE, LE 2 OCTOBRE.

INCENDIE DU CHATEAU DE SAINT-CLOUD.

MORT DU COMMANDANT DE DAMPIERRE AU COMBAT DE BAGNEUX.

3

ENTRÉE DANS PARIS DES LÉGUMES RÉCOLTÉS DANS LA BANLIEUE.

LES MEMBRES DU GOUVERNEMENT DE LA DÉFENSE NATIONALE RETENUS DANS LA SALLE DU CONSEIL PAR LES PARTISANS DE LA COMMUNE,
DANS LA SOIRÉE DU 31 OCTOBRE.

CÉRÉMONIE RELIGIEUSE DU JOUR DES MORTS, AU CIMETIÈRE DÉVASTÉ DU GRAND-MONTROUGE.

L'ATELIER DE FABRICATION DES BALLONS-POSTE A LA GARE D'ORLÉANS.

PARLEMENTAIRES ALLEMANDS VENANT AU PONT DE SÈVRES ANNONCER DES DÉPÊCHES POUR LE GOUVERNEMENT

PRISE DE BRIE-SUR-MARNE, LE **30** NOVEMBRE.

J.GAILDRAU

DERNIÈRES POSITIONS CONQUISES PAR L'ARMÉE DU GÉNÉRAL DUCROT SUR LE PLATEAU DE VILLIERS-SUR-MARNE,
LE 2 DÉCEMBRE 1870.

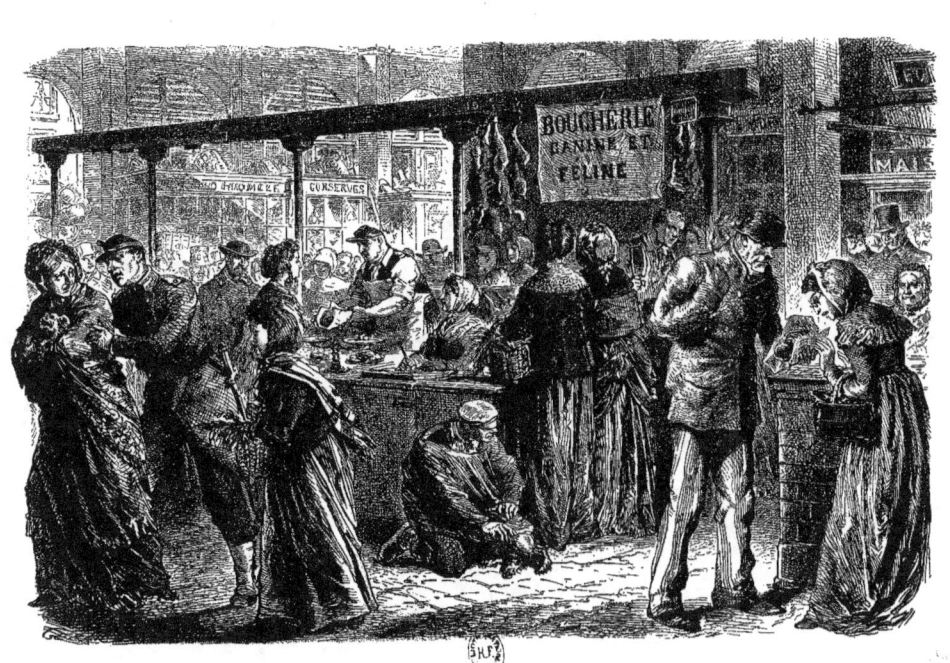

UNE BOUCHERIE SPÉCIALE AU MARCHÉ SAINT-GERMAIN.

LES MARINS REPOUSSANT LES BAVAROIS A LA SUIFFERIE DU BOURGET, LE 22 DÉCEMBRE 1870.

ABATTAGE D'UN DES ÉLÉPHANTS DU JARDIN D'ACCLIMATATION.

AVENUE DE BOULOGNE, VUE PRISE A LA PORTE D'AUTEUIL.

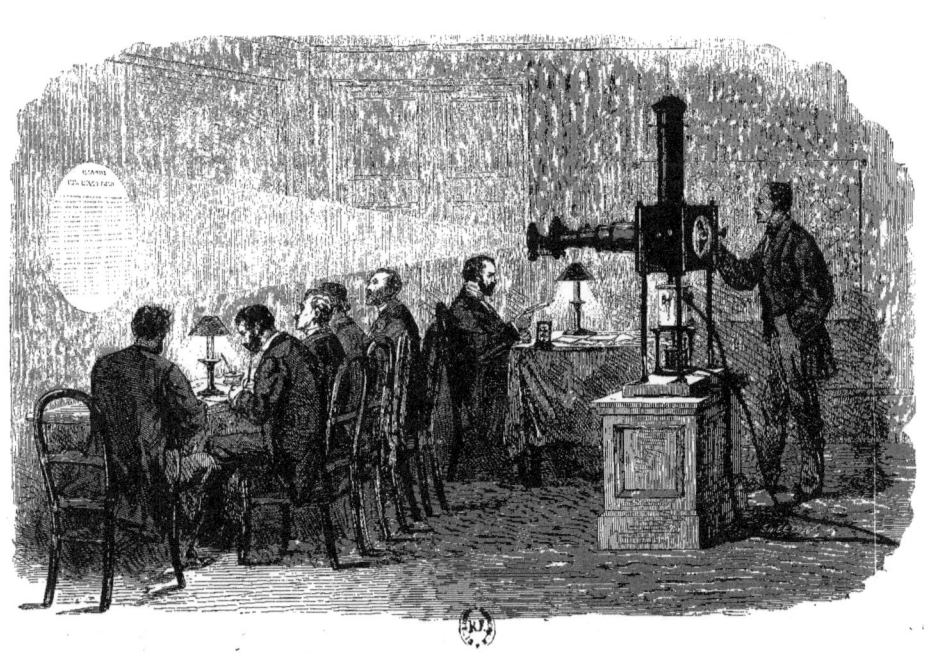

GROSSISSEMENT ET TRANSCRIPTION DES DÉPÊCHES MICROSCOPIQUES, ARRIVÉES PAR PIGEON.

CANTINE MUNICIPAL

AMBULANCE ÉTABLIE DANS LE FOYER DU THÉATRE-FRANÇAIS

PURIFICATION DE LA PLACE DE L'ÉTOILE APRÈS LE DÉPART DU CORPS D'ARMÉE D'OCCUPATION PRUSSIEN.

LE PARC D'ARTILLERIE DE MONTMARTRE.

7

CONSTRUCTION D'UNE BARRICADE DANS LA JOURNÉE DU **18** MARS.

LES CANONNIÈRES AU BARRAGE DE LA MONNAIE.

LA MAISON DE M. THIERS OCCUPÉE PAR LES TROUPES DE LA COMMUNE.

BARRICADE FERMANT LA RUE DE RIVOLI, A LA PLACE DE LA CONCORDE.

8

PRISE DE LA BARRICADE DE LA CHAUSSÉE-D'ANTIN, PAR DEUX COMPAGNIES DU 55ᵉ DE LIGNE, LE MARDI 23 MAI.

INCENDIE DE L'HOTEL-DE-VILLE.

ASSASSINAT PAR LES FÉDÉRÉS DE L'ARCHEVÊQUE DE PARIS, DU CURÉ DE LA MADELEINE, ET DE QUATRE ECCLÉSIASTIQUES
DÉTENUS A LA PRISON DE LA ROQUETTE.